AF246791

J.-A. DESTREZ, O. P.

LA " PECIA "

DANS LES MANUSCRITS DU MOYEN AGE

Communication faite à l'Académie des Inscriptions et Belles-Lettres
le 3 Août 1923

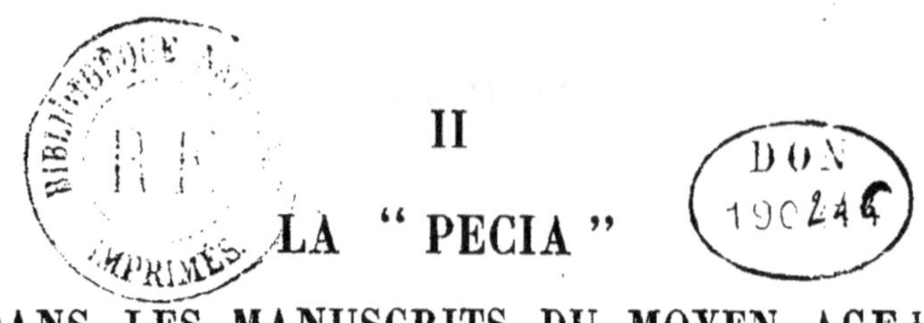

II

LA " PECIA "

DANS LES MANUSCRITS DU MOYEN AGE [1]

Lorsqu'on examine les marges de certains manuscrits du XIIIe ou du XIVe siècle, on remarque, tous les quatre feuillets environ, une numérotation suivie et continue, indiquée le plus souvent en chiffres romains, à côté desquels se trouve généralement la lettre *p* accompagnée d'un petit *a* (*p*[a]). C'est la *pecia*, et il se trouve des manuscrits qui portent ce mot en toutes lettres [2].

Tout en reprenant les points élucidés par les travailleurs qui ont déjà touché cette question [3], je me propose de résumer ici, très succinctement, les principaux résultats d'une étude que je poursuis sur la *pecia* et qui trouve sa justification, d'une part dans les statuts et les cartu-

---

1. Communication faite à l'Académie des Inscriptions et Belles Lettres, le 3 août 1923.

2. La valeur de cette graphie (*p*[a]) n'est pas indiquée dans les dictionnaires d'abréviations. Les manuels de paléographie ne parlent pas de la pecia.

3. Mgr PELZER et les éditeurs de l'édition léonine des œuvres de saint Thomas, le R. P. Constant SUERMONDT O. P. et le R. P. MACKEY O. P., ont déjà élucidé fort heureusement et avec beaucoup de sens critique un grand nombre de points touchant la *pecia*, mais aucun travail d'ensemble n'a été tenté sur cette question, et les quelques rares travailleurs qui s'en sont occupés jusqu'à ce jour, ne l'ont étudiée que d'une façon accessoire, à l'occasion d'autres travaux :

SAVIGNY, *Geschichte des Römischen Rechts im Mittelalter*. Heidelberg, 1834, 2e édit. vol. III p. 580-3.

GRAUX (Charles), *Nouvelles recherches sur la stichométrie*, dans *Revue de philologie et d'histoire ancienne*, t. II, 1878, p. 138-9.

DELALAIN (Paul), *Étude sur le libraire parisien du XIII au XVe s.* Paris, 1891, p. 20, note 3.

BERGER (Samuel), *Histoire de la Vulgate*. Paris, 1893, p. 318.

WATTENBACH (W.), *Das Schriftwesen im Mittelalter*. Leipzig. 1896, 3e édit.

S. THOMAE AQUINATIS *Opera Omnia (édit. Léonine)*, t. XII, Romae 1906, *Praefatio in supplementum terciae partis* p. IX-XI.

PELZER (A.), *Godefroid de Fontaines* dans *Revue Néo-scolastique*, Louvain, 1913, p. 504-510.

S. THOMAE AQUINATIS *Opera Omnia* (édit. Léonine) t. XIII *Summa contra Gentiles*. Romae, 1918, p. XXVII-XXX.

GRABMANN (M.), *Die neue Ausgabe der Summa contra Gentiles des hl. Thomas von Aquin nach dem Autograph*, dans *Theologische Revue*, 1920, col. 85 sq.

PELZER (A), *L'édition léonine de la Somme contre les Gentils*, dans *Revue Néo-scolastique*, Louvain. 1920, p. 223-6.

DESTREZ (J.-A.) O. P. *Les disputes quodlibétiques de saint Thomas d'après la tradition manuscrite* dans *Mélanges thomistes*. Le Saulchoir, 1923, p. 61 et 92-93.

laires des universités médiévales [1], et d'autre part dans une centaine de manuscrits que j'ai retenus comme contenant des indications de *pecie*, sur les quelque mille manuscrits français que j'ai examinés jusqu'à ce jour. J'essaierai d'établir dans une première partie ce qu'était la *pecia* à l'Université de Paris, dans les dernières années du XIIIe siècle ; dans une seconde partie, en faisant porter mes remarques sur un auteur plus spécial, je tâcherai de déterminer quels services une étude d'ensemble de la *pecia* me paraît pouvoir rendre aux études de critique textuelle.

I

Deux grands problèmes ont dominé les études au moyen âge : la multiplication des manuscrits et leur correction. Dans les grandes abbayes du haut moyen âge on avait résolu ces problèmes en faisant écrire un certain nombre de moines sous la dictée d'un même lecteur qui avait sous les yeux un texte choisi et corrigé. Cette institution correspondait à l'époque féodale. Avec l'apparition des communes, la vie économique se transporte des grandes exploitations rurales dans les grands centres urbains, et la vie intellectuelle délaisse ces grandes abbayes pour se concentrer à l'Université. Le monde des copistes séculiers, clercs et laïques, qui s'est formé à côté de l'Université parisienne, est imbu d'un esprit beaucoup trop individualiste pour se plier à un semblable régime, et le nombre des ouvrages dont on demande des copies augmente sans cesse. Nous voyons alors s'élaborer peu à peu dans ce milieu scolaire parisien un système qui correspond à l'état de choses nouveau créé par l'évolution sociale, et qui arrive à sa pleine perfection au milieu du XIIIe siècle.

Essayons de reconstituer le fonctionnement de ce système.

Sur le manuscrit autographe de l'auteur, si l'ouvrage n'a pas encore été mis dans le commerce, ou sur un manuscrit déjà en circulation, si l'ouvrage est déjà dans le commerce, un copiste grossoie une copie officielle, un exemplaire type, dans la langue de l'époque : un *exemplar*. Cet *exemplar* est copié suivant la longueur de l'ouvrage sur

---

1. M'occupant plus spécialement dans cette étude de l'Université de Paris au XIIIe s. j'utilise presque exclusivement : DENIFLE (H.) O. P. et CHATELAIN (E), *Chartularium Universitatis Parisiensis*, tomes I et II, Parisiis, 1889 et 1891.

une série plus ou moins grande de cahiers de quatre feuillets, non reliés, mais laissés indépendants les uns des autres et appelés *pecie*.

Le mot *pecia* est primitivement un terme de tannerie ou de parcheminerie ; c'est une pièce, une peau de mouton préparée en vue de l'écriture.[1] Par extension, le morceau ou la feuille de parchemin la plus grande que l'on puisse obtenir de cette pièce, quand on en aura rogné les parties extérieures inutilisables, s'appelle aussi une pièce : *pecia*. Cette feuille est rabattue sur elle-même, puis pliée en deux : le cahier ainsi obtenu correspond à notre format in quarto carré ; c'est un binion, il a deux feuillets doubles, soit huit pages, seize colonnes. On lui donne encore par extension le nom de pièce : *pecia*[2].

L'*exemplar* copié sur des pièces indépendantes est examiné par une commission déléguée par l'Université. Cette commission composée de maîtres est chargée, avec les procureurs des nations, de s'assurer de l'intégrité et de la correction des exemplaires et, au besoin, de les faire corriger. Elle dresse la liste des exemplaires dont elle autorise la mise en location, indique, à côté du titre de chaque ouvrage, le nombre de pièces qu'il comprend, et tarifie le prix de location. Ainsi sur la liste de taxation de 1275[3] nous voyons que le commentaire de saint Thomas d'Aquin sur le deuxième livre des Sentences comprend 47 pièces et qu'il se loue deux sous. L'*exemplar* est déposé chez le stationnaire, nous dirions aujourd'hui le libraire et on le désignait déjà sous ce nom dans la langue vulgaire du temps[4] ; contrôlé, évalué, et tarifé par les agents de l'Université, l'*exemplar*, alors seulement, est mis en location[5] (*ponitur in statione, ponitur ad exemplandum.*)

---

1. Du Cange *Glossarium mediae et infimae latinitatis*. Parisiis, 1845, t. V, p. 162-3 ne semble pas avoir vu exactement le sens de ce mot : *pecia*. Il rapproche pourtant des textes extraits des statuts des Universités de Padoue et de Bologne où l'on parle de pièces, d'autres textes où le mot pièce est employé pour désigner des animaux.

2. Lorsqu'elle est seulement rabattue sur elle-même, la peau de mouton est d'un format sensiblement égal à nos in-folios ; c'est une dimension peu pratique ; employée communément au XIIᵉ siècle pour les manuscrits copiés dans les abbayes et qui doivent y rester, elle ne convient pas au livre d'étude qui doit être essentiellement maniable, surtout elle ne convient pas à un grand centre universitaire comme Paris, où les écoliers accourent de toute la chrétienté et repartent au loin en emportant leurs livres. Le format in-folio très courant pour les livres du XIIᵉ s. est supplanté par le format in-quarto au commencement du XIIIᵉ.

3. Denifle (H) O. P. et Chatelain (E), *Chartularium Universitatis Parisiensis* I, Parisiis, 1889 p. 646 sq.

4. « *stacionarii qui vulgo librarii appellantur.* » Chart. Univ. Par. I p. 533 (1 et 2).

5. Le prix de location de l'*exemplar* était d'autant plus élevé que l'ouvrage était

Le maître ou l'étudiant, s'il copie lui-même, ou le copiste, s'il a chargé de ce soin un copiste, vient chez le stationnaire, paie le prix fixé officiellement pour la location de l'exemplaire, emporte la première pièce et en prend copie ; son travail fini, il rapporte au stationnaire cette première pièce, en échange de laquelle il reçoit la seconde qu'il va copier et qu'il rend en échange de la troisième et ainsi de suite jusqu'à ce que la transcription de l'ouvrage soit terminée.

Dans les copies faites sur l'*exemplar*, le commencement des cahiers coïncidant rarement avec le changement de pièce [2], le copiste a soin de noter en marge le numéro de la pièce dont il va commencer la copie ij^a p^a ; $iiij^a$ p^a ; $iiiij^a$ p^a ; v^a p^a etc... ; quelquefois, mais moins souvent, c'est le numéro de la pièce dont il achève la copie, qu'il indique ; dans ce cas il écrit : *finis* ij^{ae} p^{ae} ou simplement *f.* ij^{ae} p^{ae} ; cette indication est pour celui pour le compte duquel il exécute cette copie, et aussi pour lui-même, un moyen de s'assurer qu'aucune pièce n'a été omise au cours de la transcription ; accessoirement, parce qu'elles mesurent d'une façon officielle la longueur de la copie, ces pièces servent de base d'évaluation dans le marché passé avec le copiste ; celui-ci a donc intérêt à les indiquer : il est payé aux pièces. Il se pourrait que nos vieilles expressions françaises : travailler aux pièces, être payé aux pièces, aient pris naissance dans ce milieu universitaire parisien.

---

plus long. Ces prix subissaient d'ailleurs les fluctuations ordinaires dues aux lois économiques. Nous possédons pour l'Université de Paris, comme on le dira plus loin, deux listes de taxations de livres dressées l'une peu après 1275, l'autre en 1304. Nous voyons ainsi, par exemple, que l'*exemplar* du commentaire de saint Thomas sur le deuxième livre des Sentences comprenait 47 pièces ; il se louait deux sous à l'époque de la première liste, peu après 1275, et 34 deniers à l'époque de la seconde liste, en 1304 ; on sait, qu'en monnaie de compte, le sou valait douze deniers (DIEUDONNÉ (A), *Manuel de numismatique française.* Paris, 1916, p. 76 et seq.) La seule location de l'*exemplar* du même ouvrage avait donc augmenté de 10 deniers, presque d'un tiers, en l'espace d'une vingtaine d'années ; le renchérissement de la vie consécutif aux dépréciations monétaires qui se produisirent sous le règne de Philippe le Bel, se faisait sentir dans le prix de la fabrication des livres.

2. Le changement de pièce ne se fait pas au même endroit non seulement parce que les copies sont généralement faites sur des cahiers de six feuillets doubles dits sexternions et comprenant par conséquent douze folios, alors que l'*exemplar* est écrit sur des pièces c'est-à-dire sur des cahiers de deux feuillets doubles dits binions et comprenant quatre folios, mais encore et surtout parce que l'écrivain est différent. Même dans les copies de nos expéditionnaires modernes, les changements de pages ne se font pas au même endroit à cause de la différence de grosseur des lettres et d'écartement des mots ; à l'époque où nous nous plaçons, il faut tenir compte d'un facteur encore plus variable : la mesure plus ou moins grande dans laquelle le copiste se sert d'abréviations.

Des manuscrits nous sont parvenus qui portent ces indications de pièces ; j'en ai, jusqu'à ce jour, retrouvé 105 dans les bibliothèques de France ; une quarantaine de manuscrits étrangers m'ont été signalés comme contenant ces mêmes indications. La première pièce n'est jamais indiquée, ce qui est naturel, puisqu'elle commence avec l'ouvrage ; les autres pièces sont indiquées en caractères parfois assez fins qui nécessitent l'emploi de la loupe. Comme ces indications se trouvent dans les marges, il arrive que le rognage du parchemin a fait disparaître en tout ou en partie celles qui se trouvaient dans les marges extérieures ; celles au contraire, qui se trouvent dans les marges intérieures sont prises dans la reliure et il faut quelquefois pour les voir, ouvrir assez fortement le manuscrit. On les retrouve à intervalles réguliers, à hauteur de l'endroit où elles commencent dans le texte ; elles sont généralement indiquées en chiffres romains [1]. A côté de ces chiffres se trouve, mais pas toujours, le mot *pecia* écrit quelquefois en entier, mais le plus souvent indiqué seulement par la lettre *p* ou les deux lettres *pe* accompagnées d'un petit *a* (p^a pe^a).

Nous ne savons pas, d'une façon approximative seulement, où se font dans la copie les changements de pièces. Le copiste, je l'ai dit tout à l'heure, après avoir fini de copier une pièce, va la reporter chez le stationnaire pour avoir la pièce suivante. Quand il revient, il a d'abord la main plus reposée, mais aussi, avant de reprendre son travail, il taille sa plume, de sorte que sur le manuscrit nous voyons tout à coup un changement d'écriture ; la main est indubitablement la même, mais les traits sont plus fins, les lettres plus petites, les mots plus rapprochés. Ce n'est pas tout. Le scribe, au moment de reprendre sa copie, s'est aperçu que son encre avait quelque peu séché pendant son absence, et, suivant ce qu'il en restait, il a mis dans son encrier de l'eau ou de l'encre nouvelle, de sorte que non seulement une différence apparaît tout à coup dans la forme des lettres, mais dans la teinte ou plus pâle ou plus noire de l'encre. Nous savons ainsi à deux ou trois mots près, où se faisait le changement de pièce. Je dis à deux ou trois mots près, parce que le copiste en terminant la transcription d'une pièce a pu copier la « réclame » c'est-à-dire les deux ou trois mots placés au-

---

1. Des manuscrits portent l'une ou l'autre de ces indications de pièces en chiffres arabes. Les manuscrits portant toutes ces indications en chiffres arabes, tel que Troyes 187 A, sont rares.

dessous de la dernière ligne de la dernière page d'un cahier, qui se trouvent répétés au commencement de la première ligne du feuillet suivant, et qui servent à indiquer la suite des pièces dont se compose l'exemplaire [1].

Cette institution de l'exemplaire et de ses pièces réglait d'une façon simple les rapports des parties en cause : stationnaires, copistes, correcteurs, enlumineurs, maîtres et étudiants ; c'était déjà un service important rendu à ce monde essentiellement turbulent qui vivait autour des écoles. Mais cette institution avait encore et surtout deux grands avantages d'ordre proprement scientifique : elle assurait la multiplication des ouvrages scolaires et, en principe au moins, la conservation d'un texte pur. Grâce à l'indépendance des pièces de l'*exemplar*, l'espace de temps qui eut été nécessaire à un seul copiste pour faire une seule copie si l'ouvrage avait été prêté en son entier, devenait suffisant dans le cas d'un ouvrage comme le *Contra Gentiles* de saint Thomas qui comprenait 57 pièces, pour qu'une cinquantaine de scribes puissent opérer chacun leur transcription. D'autre part tous les copistes reproduisant le même exemplaire soigneusement corrigé sous le contrôle de l'Université, les copies d'un même ouvrage ne différaient plus entre elles, au moins en principe, que par ces variantes qui s'introduisent fatalement dans toute copie [2].

---

1. En comparant entre elles les différentes copies que nous avons d'un même ouvrage, on voit que certains scribes ont copié la réclame, alors que d'autres ne l'ont pas copiée ; d'ailleurs ces deux ou trois mots souvent en abrégé ont quelquefois été mal lus par le copiste qui n'avait pas la suite du texte, de sorte que revenant à son travail avec la pièce suivante, il s'est aperçu par le contexte de sa mauvaise lecture, il a exponctué ces mots, ce qui est, à l'époque, la façon d'annuler et il les a écrits à nouveau, à la suite, de sa nouvelle écriture plus posée. Il s'est même trouvé des scribes plus méticuleux qui ont pris soin de mettre dans la marge, à côté de l'indication de la pièce, un renvoi qu'ils ont reproduit dans le texte à l'endroit où commençait la nouvelle pièce, et nous constatons que le changement dans l'écriture ne se produit que deux ou trois mots après, ce qui prouve bien que la réclame a été copiée par le scribe. (Paris, Arsenal 337). Enfin des copistes, après avoir achevé la copie d'une pièce, se sont trouvés n'avoir plus que quelques lignes à écrire pour avoir terminé une colonne ; afin de pouvoir commencer la colonne suivante avec une nouvelle pièce, ils ont couvert ces quelques lignes d'un texte quelconque : poésie ou prose, prière, chanson populaire, texte théologique, ou encore ils ont simplement reproduit quelques lignes du texte précédemment copié, puis ils ont annulé ce texte inutile en écrivant au commencement la syllabe *va* et à la fin la syllabe *cat* (= *vacat*) procédé courant à l'époque. Le manuscrit Paris, Mazarine 846 est tout à fait caractéristique de cette manière de faire.

2. Au cours du prêt des pièces de l'*exemplar* l'une ou l'autre d'entre elles pouvait être perdue ou égarée par des emprunteurs, elle était alors refaite. Cette pièce de remplacement pouvait être refaite sur un texte bien corrigé, mais elle pouvait être aussi recopiée sur un manuscrit fautif ; on a alors ce que les contemporains appellent

On comprend qu'une institution aussi utile se soit rapidement développée dans le milieu scolaire parisien. De Paris, où elle était en pleine prospérité dans la seconde moitié du XIIIe siècle, elle se transmet aux Universités qui se fondent un peu partout dans l'Europe du XIVe siècle, à l'exemple de l'Université parisienne. Elle fait l'objet de réglementations extrêmement minutieuses dans les Universités de Bologne, de Padoue, de Florence et de Toulouse [1]. Ces réglementations postérieures ne nous font pas connaître seulement le développement ultérieur de cette institution ; elles nous aident à interpréter et à comprendre les quelques textes assez rares qui nous sont restés sur son fonctionnement à l'Université de Paris. Toute l'histoire de l'exemplaire et de ses pièces serait à faire. Dans ce très bref résumé, je m'en tiens strictement aux données de la fin du XIIIe siècle, l'âge d'or de la *pecia*, pour en exposer le fonctionnement normal ; on comprendra mieux ainsi quels services une étude générale de la *pecia* pourrait rendre aux études de critique textuelle.

II

Au point de vue paléographique, l'intérêt d'une étude de la *pecia* n'est pas niable ; ces changements de pièces qui mettent côte à côte deux écritures de la même main permettront les observations les plus intéressantes pour l'étude des écritures du moyen âge. Au point de vue historique, une étude de la *pecia* aidera à reconstituer toute une partie de la vie scolaire médiévale qui semble avoir échappé jusqu'ici aux investigations ; elle apportera notam-

---

la « *pecia corrupta* » et on voit là le point faible de cette institution qui n'assurait que pour un temps la correction des pièces. Quelquefois le copiste lui-même s'en apercevait et n'hésitait pas à en faire mention ; dans le ms. Paris Nat. lat. 15953. fol. 134 on lit à la fin des sermons de Nicolas de Biard : « *hic finitur* 71[a] *pecia de dominicis et ista ultima pecia est corrupta, ut mihi videtur.* »

1. DENIFLE (H.) O. P., *Die Statuten der Juristen Universität Bologna vom J. 1317-1347 und deren Verhältniss zu jenen Paduas, Perugias, Florenz* dans *Archiv für Literatur und Kirchengeschichte des Mittelalters.* t. III, (1887), p. 196-397 — SARTI, *De claris archigymnasii Bononiensis professoribus Bononiae,* 1769-1772, t. I, p. 214-217 — SAVIGNY, *Geschichte des Römischen Rechts in Mittelalter.* Heidelberg, 1834, 2e édit. vol. III, p. 643-665. — MALAGOLA (Carlo), *Statuti della Universita e dei Collegi dello studio bolognese.* Bologna, 1888. In fol. XX-524 pag — DENIFLE (H) O. P., *Die Statuten der Juristen Universität Padua vom Jahre* 1331 dans *Archiv für Literatur und Kirchengeschichte.* t. VI (1892) p. 309-560 — GHERARDI (Alessandro), *Statuti della Universita e studio Fiorentino.* Firenze, 1881. In-4, LVI-582 pag. — FOURNIER (Marcel), *Les statuts et privilèges des Universités françaises depuis leur ondation jusqu'en* 1789. Paris, 1890, t. I, p. 137 et sq.

ment sur la vie des copistes, des correcteurs et des enlumineurs, dont nous savons si peu de chose, sur leurs usages et leurs préoccupations quotidiennes, des enseignements précis, pleins de vie et de pittoresque. Elle sera utile encore pour l'histoire de l'Université de Paris : des ouvrages indiqués sur les listes de taxation n'ont pu être identifiés par les savants éditeurs du *Chartularium Universitatis Parisiensis* [1] ; une étude attentive des manuscrits portant des indications de pièces permettra sans doute de compléter ces identifications, nous saurons alors d'une façon exacte tous les livres d'étude que les maîtres et les étudiants avaient entre les mains : l'écriture sainte, les pères, les traductions, le droit civil, le droit canonique, les sermonnaires, la philosophie et la théologie ; c'est l'histoire de chacune de ces disciplines qu'une étude de la *pecia* intéresse.

D'ailleurs les listes de taxation que nous possédons et qui sont actuellement au nombre de sept, ne sont pas les seules qui aient existé [2]. Une liste des œuvres de

---

1. DENIFLE (H) O. P., et CHATELAIN (E), *Chartularium Universitatis Parisiensis* Parisiis t. I (1889) p. 646 et t. II (1891) p. 108.

2. Ces listes actuellement connues sont :

a) liste de l'Université de Paris, datée 1275-1286 par les éditeurs du *Chart. Univ. Par.* mais en réalité de très peu postérieure à 1275 ; cette liste de taxation ne connaît pas en effet les œuvres que saint Thomas a composées en Italie et plus spécialement la IIIe Pars ; or il est manifeste qu'on n'a pas dû attendre l'année 1286 pour mettre cet ouvrage en circulation à Paris. Saint Thomas étant mort en 1274, c'est dans les premières années qui ont suivi sa mort que la IIIe Pars a dû être connue à Paris et cette liste, qui ne la connaît pas, est antérieure à cette époque. QUÉTIF-ECHARD O. P., *Scriptores Ordinis Predicatorum*. Parisiis, 1719, I p. 288. JOURDAIN, *Index chronologicus pertinentium ad historiam universitatis parisiensis*. Parisiis 1862 p. 74-76 n° 356 DENIFLE. (H) O. P., et CHATELAIN (E), *Chartularium Univ. Par.* t. I, (1889) p. 646 et sq. — MICHELITSCH (A), *Thomasschriften*. Graz 1913 p. 96-7 en a publié un extrait.

b) liste de l'Université de Paris, 1304. CHEVILLIER, *L'origine de l'imprimerie à Paris*, Paris 1694, p. 318 sq. — JOURDAIN, *Index chronologicus pertinentium ad historiam universitatis parisiensis*. Parisiis, 1862, p. 76-78 n° 356 — DENIFLE (H) O. P. et CHATELAIN (E) *Chartularium Univ. Par.* t. II (1891) p. 108.

c) liste de Rome Vatican ms. 3980. fol. 2-7. XIV s. liste signalée par Merkel, cf. SAVIGNY, *Geschichte des Römischen Rechts im Mittelalter*, Heidelberg, 1834, 2e édit tome VII p. 91, § 214.

d) liste de l'Université de Bologne, 1317-1347, DENIFLE (H) O. P., *Die Statuten der Juristen Universität Bologna vom J.* 1317-1347, dans *Archiv für Lit. und Kirchengeschichte*. t. III (1887) p. 298-302. SARTI, *De claris archigymnasii Bononiensis professoribus*, Bononiae, 1769-72, t. I p. 214-217. SAVIGNY, *Geschichte des Römischen Rechts im Mittelalter* Heidelberg, 1834, 2e édit., vol. III p. 649-653. MALAGOLA, *Statuti della Universita...* Bologna. 1888 p. 32-35.

e) liste de l'Université de Bologne 1432. MALAGOLA, *Statuti della Universita...* Bologna, 1888. p. 91-94.

f. liste de l'Université de Padoue 1331. DENIFLE (H.) O. P., *Die Statuten der*

saint Thomas d'Aquin, dont il y avait un exemplaire à Paris a été dressée très peu de temps après la mort du maître survenue en 1274 par son confrère, secrétaire, et ami, Raynald de Piperno[1] ; on y voit figurer des œuvres de saint Thomas tels que ses commentaires sur le *de hebdomadibus* et de *de trinitate* de Boèce, que l'on ne retrouve pas sur la liste de taxation faite à Paris dans les années qui suivirent 1275 ; c'est donc qu'il y a eu à l'Université de Paris, au moins une liste de taxation antérieure à celles que nous connaissons ; par ailleurs, l'étude des manuscrits permet de soupçonner l'existence de listes de taxations postérieures à celles qui ont été éditées. Pourra-t-on reconstituer et dater ces listes ? L'histoire du livre trouverait là incontestablement un élément de progrès.

Une étude de la *pecia* permettra probablement de dater à quelques années près, les manuscrits qui portent ces indications. Les listes de taxation que nous avons, indiquent quelquefois les mêmes ouvrages, mais sans leur donner toujours le même nombre de pièces. Le quatrième livre des sentences de saint Thomas, pour ne prendre qu'un seul exemple, est indiqué comme contenant 81 pièces sur la première liste de taxation parisienne postérieure de quelques années à 1275 ; il en comprend douze de plus, soit 93 pièces, sur la seconde liste qui est de 1304 ; ne peut-on pas légitimement penser, s'il n'y a pas eu d'erreur dans la lecture ou la transmission de ces listes, que les manuscrits du 4e livre des sentences qui portent 81 pièces seront datées par là même 1275-1304, alors que ceux qui portent 93 pièces devront être considérés comme écrits après 1304. — Ces mêmes indications permettront peut-être aussi d'indiquer le lieu d'origine de quelques manuscrits : l'*exemplar* du *Speculum rationale* de Guillaume Durand comprend 64 pièces sur la liste de taxation de Paris 1304 ; il en comprend une de moins, 63, sur la liste de taxation de Bologne 1317-1347 et il en a encore une de moins, 62, sur les listes de Padoue 1331 et de Florence 1387[2].

Juristen Universität Padua vom Jahre 1331, dans *Archiv für Lit. und Kirchengeschichte*, t. VI (1892) p. 459-462.

g) liste de l'Université de Florence. 1387 GHERARDI (Al.), *Statuti della Universita e studio Fiorentino*, Firenze. 1881 p. 45.

1. MANDONNET (P) O. P., *Des écrits authentiques de saint Thomas d'Aquin*. 2e édit., Fribourg, 1910 p. 30-31.

2. On sait que beaucoup de manuscrits ne portent que quelques indications de pièces ; il y en a même qui ne portent qu'une seule indication ; cela tient quelquefois à une négligence du copiste, mais cela tient plus généralement aux libertés

J'ai pensé qu'une étude attentive de la *pecia* pouvait donner encore plus de renseignements ; et notamment apporter quelque secours aux recherches de critique textuelle. Les sept listes de taxation que nous possédons actuellement signalent l'existence de près de 800 exemplaires, d'autres listes seront peu à peu retrouvées [1] et reconstituées ; examiner tous les manuscrits copiés ou supposés copiés sur ces exemplaires est impossible. Il m'a semblé que l'étude des ouvrages d'un seul auteur, s'il était bien choisi, apporterait des précisions suffisantes. Je ne peux pas, dans un exposé aussi rapide, indiquer toutes les comparaisons que j'ai établies entre les différents auteurs signalés par les listes de taxation, et qui finalement ont fixé mon choix sur l'étude des manuscrits contenant des œuvres de saint Thomas d'Aquin ; je veux seulement résumer les premiers résultats dé mes recherches.

On sait combien il est difficile d'établir un texte satisfaisant des ouvrages qui ont été l'objet de nombreuses copies. En principe, le texte qui doit être édité n'est pas celui que nous pensons être le meilleur, mais bien celui que l'auteur lui-même a jugé définitif, et qu'il a mis dans le commerce. Dans le plus grand nombre de cas, nous n'avons pas le manuscrit autographe de l'auteur ; mais, puisque entre les manuscrits conservés et l'autographe se place l'*exemplar*, première copie officielle, faite pour

---

que les copistes prennent avec les textes : il leur arrive au cours de leur transcription de substituer un nouveau manuscrit à l'*exemplar* ou au manuscrit qu'ils ont copié jusque-là. Les exemplaires d'un même ouvrage n'ayant pas le même nombre de pièces suivant la date et le lieu de leur confection, on voit de suite que les pièces ne commencent pas et ne se terminent pas au même endroit du texte dans ces différents exemplaires ; dès lors, il suffit qu'un manuscrit porte une seule indication de pièce et que cette indication soit en correspondance avec les pièces de tel *exemplar* (ou qu'il y ait à un endroit, que nous savons par d'autres manuscrits correspondre à un changement de pièce, les variations dont nous avons parlé soit dans l'écriture soit dans la couleur de l'encre), pour que nous soyons fondés à penser qu'au moins pour cette pièce le manuscrit en question est en dépendance de tel ou de tel exemplaire.

1. Le catalogue de la bibliothèque de Bamberg signale comme contenant des indications de pièces une quinzaine de manuscrits provenant de la bibliothèque du chapitre de Bamberg, qui sont originaires de Bologne et qui apporteront des renseignements sur les exemplaires de la faculté de droit de cette ville. LEITSCHUH, (Dᴿ F.) und FISCHER (H.), *Katalog der Handschriffen der Königlichen Bibliothek zu Bamberg*. Bamberg, 1895-1896 Bd. I Abth. III. Sachregister, au mot Buchwesen Pergamentlagen. Pecien Zählung., p. 50 col. 2. Ce catalogue est, à ma connaissance, le seul qui donne ces indications de pièces. Il serait à souhaiter que dans l'avenir on n'omette plus ces indications, de même qu'on n'omet plus de mentionner, dans les catalogues, les notes tironiennes. Mgr Pelzer a noté avec beaucoup de soin dans le très remarquable catalogue des manuscrits du Vatican qu'il prépare et dont il a eu la bonté de me communiquer de longs extraits, les indications de pièces qu'il a pu rencontrer.

servir d'archétype, transcrite et corrigée sous le contrôle
de l'Université sur l'autographe achevé, le texte que
l'auteur a mis en circulation et que nous devons rétrou-
ver est représenté par cet *exemplar*. Aurions-nous le
manuscrit autographe de l'auteur — et je crois que
saint Thomas, Albert le Grand et Mathieu d'Aquasparta
sont les seuls philosophes et théologiens du moyen âge
dont nous possédions quelques autographes — qu'il
nous faudrait encore rechercher le texte de l'*exemplar*,
car nous ne pouvons pas savoir, comme on le verra plus
loin, si cet autographe représente bien le texte définitif
tel que l'auteur l'a mis dans le commerce ou s'il ne représente pas un essai antérieur, une sorte de brouillon. C'est
ce qu'a parfaitement compris le R. P. Mackey ; bien
qu'ayant à sa disposition pour son édition du *Contra
Gentiles* [1] le manuscrit autographe de saint Thomas (Vatic.
lat. 9850), il n'a pas hésité à consulter la tradition manuscrite. On peut être assez heureux pour retrouver l'*exemplar* lui-même ; j'ai eu précisément la bonne fortune de
reconnaître l'*exemplar* du *Contra Gentiles*, dont le R. P.
Mackey déplorait la perte [2], dans le manuscrit Paris
Nat. lat. 3107 [3]. Ce manuscrit correspond parfaitement

---

1. S. Thomae Aquinates *Opera Omnia* (édit. Léonine) t. XIII *Summa contra
Gentiles*. Romae 1918.

2. *Ibid.*, p. XXXI, n° 41.

3. Paris. Nat. lat. 3107. Ce manuscrit se présente comme un manuscrit de la fin
du XIIIᵉ s., sur parchemin, 228 fol., de format in 4° carré (315 × 216 mm). Le
texte, à deux colonnes, est écrit en cette écriture minuscule appelée proprement
gothique, assez grosse, tracée à main posée, et qu'on désignera au XIVᵉ s. sous le
nom de lettre de forme. Le ms. porte des lettrines bleues et rouges, des titres rubri-
qués à chaque chapitre, un titre courant en couleur. La reliure exécutée pour la
bibliothèque royale est moderne ; à cette occasion sans doute, un certain nombre
de folios ont été intervertis entre les folios 96-105, mais le texte est complet, comme
il est facile de s'en assurer.

Cet *exemplar* n'est pas composé de sexternions comme les autres manuscrits, mais
bien de pièces, c'est-à-dire de biennions, cahiers de deux feuillets doubles à 8 pages,
16 colonnes. Il en comporte 57 comme l'indiquent les deux listes parisiennes de taxation. Les premiers mots du texte de chaque pièce, c'est-à-dire ceux qui sont en tête
de la première colonne de la première page sont en effet ceux qui dans les autres
manuscrits se trouvent en face des indications marginales de pièces et correspon-
dent au changement d'écriture. A la fin de chaque pièce, la réclame porte les deux
ou trois premiers mots de la pièce suivante et ces deux ou trois mots sont précisément ceux que, d'après les autres manuscrits, nous pouvions considérer comme
devant composer la réclame.

Les folios n'ont pas cette tenue ferme qu'ont généralement les feuillets de parchemin ; le parchemin en est extrêmement fatigué comme celui d'un manuscrit qui a
été souvent en mains et souvent feuilleté ; les pièces paraissent même avoir été
fréquemment pliées par le milieu, dans le sens de la hauteur, ce qui prouve que pour
les emporter chez eux, ou les rapporter au stationnaire, les copistes n'en prenaient
pas beaucoup plus de soin que nous n'en prenons quotidiennement des papiers que
nous plions pour les mettre en poche.

La correction des pièces est indiquée très régulièrement au bas et au milieu du

à tout ce que nous avons dit de l'*exemplar* et de ses pièces. Il nous apporte de plus les renseignements les plus intéressants sur les pièces corrompues (*pecie corrupte*), ce qui intéresse directement les questions de critique textuelle dont nous nous occupons présentement. Un premier coup d'œil permet de constater que quatre pièces (les pièces 5, 6, 28 et 32) ont dû être perdues et le texte en a été écrit par une autre main qui au moins pour les pièces 5 et 6 a employé un cahier de quatre feuillets doubles, soit un quaternion ; cette main a donc complété le texte à une époque où le manuscrit ne servait plus d'*exemplar*. Mais il y a eu d'autres pièces refaites bien antérieurement ; des pièces en effet qui sont de la même époque que les premières, et que tout me fait penser être de la même main, gardent quelques lignes blanches à la fin de leur dernière colonne ou au contraire ont une dernière colonne qui dépasse de quelques lignes la longueur ordinaire des autres colonnes ; il est manifeste que les pièces présentant de pareilles particularités ne faisaient pas partie de l'exemplaire primitif ; ce sont des pièces de remplacement destinées à suppléer les pièces perdues ou égarées par les emprunteurs, et le scribe en les recopiant n'a pas pu répartir le texte sur ces colonnes de telle façon que la coupure se fasse au même endroit. Ces pièces de remplacement, surtout si elles ont été refaites très postérieurement à la mise en circulation de l'ouvrage, n'ont pu être copiées sur l'original ; elles ont pu alors être refaites, et en fait elles ont été quelquefois refaites, sur des manuscrits très fautifs. On s'explique ainsi qu'un manuscrit, d'ailleurs excellent, reproduisant parfaitement le texte de l'*exemplar*, puisse porter des fautes énormes, ou même des passages apocryphes. Il ne faut utiliser par conséquent les exemplaires que l'on peut retrouver qu'avec beaucoup de circonspection et seulement pour les pièces manifestement primitives ; cela exige chez le critique, est-il besoin de le dire, une

---

verso du dernier folio de chaque pièce par ce mot : *correctum* ; on lit même au fol. 24 ᵛᵒ et au fol. 56 ᵛᵒ : *correctum per R.* et au fol. 40 ᵛᵒ *correctum per Rad.*

Ce manuscrit avant d'appartenir à la Bibliothèque Colbert n° 1382 et de passer de là dans la Bibliothèque du Roi 4121 ³ avait appartenu à l'abbé de Saint Paul de Narbonne comme le prouve la note du fol 228 : « *Hunc librum dedit huic ecclesie sancte narbonensis magister Roduphus Bonnerij in sacra pagina bachalarius abbas sancti pauli narbone, precentorque ac magister major predicte sancte ecclesie narbonensis.* » ; et nous savons par le *Chronicon ecclesiae S. Pauli Narbonensis* que Raoul Bonnier, abbé de Saint Paul de Narbonne mourut le 23 juin 1458 (*Gallia christiana*, 1739, VI p. 150 ; DEVIC et VAISSETTE, *Histoire générale du Languedoc*, 1875, t. V p. 475).

idée très exacte et très nette du fonctionnement de la *pecia*.

Pour la partie du texte comprise dans des pièces refaites, et surtout en l'absence de l'*exemplar*, donc des pièces elles-mêmes, on aura recours aux manuscrits portant des indications de pièces [1]. Il saute aux yeux que deux manuscrits portant le même nombre de pièces et dans lequel les changements de pièces se font au même endroit ont été copiés sur un même *exemplar* et font partie de la même famille. S'ils portent à chaque changement de pièces les variations d'encre et d'écriture que nous avons notées, on en conclura qu'ils ont été copiés directement, et indépendamment l'un de l'autre, sur le même *exemplar*. Encore qu'elle vienne à cause des pièces corrompues, rendre la reconstitution du texte primitif plus difficile et plus complexe qu'on ne semble l'avoir cru jusqu'ici, l'étude de la *pecia* semble donc de nature à faciliter singulièrement le travail long et délicat des constitutions de familles de manuscrits.

On peut en outre, grâce à l'étude des pièces décider à coup sûr de la composition originale de l'ouvrage étudié. En comparant entre eux les manuscrits portant des indications de pièces et ceux qui n'en portent pas, on remarque des différences et l'on peut espérer dégager ainsi le texte des additions qui lui ont été faites postérieurement aussi bien que des premières rédactions faites par l'auteur. D'abord il arrive que des manuscrits ne portant pas d'indications de pièces ont un texte plus long que ceux qui portent ces indications : ce sont des additions et des interpolations. J'ai acquis ainsi la conviction que le *de veritate* de saint Thomas d'Aquin, tel que nous le possédons dans les éditions, a été très fortement retouché. Le texte porte, après une réponse à une objection, ces mots : *deficit etiam illa ratio*, cet argument ne vaut rien, et explique pourquoi [2]. Qui pourrait croire que cet ensemble

---

1. Le R. P. Mackey a établi le texte du *Contra Gentiles* en collationnant quelque 85 manuscrits ; il a fait preuve dans ce travail d'un discernement critique tout à fait remarquable en réunissant dans la même famille tous les manuscrits copiés sur l'*exemplar* parisien. Pour lui, cette parenté des manuscrits se reconnaît spécialement au détail suivant : dans ce passage du chapitre 86 du premier livre *(Deus vult) bonum universi esse quia decet bonitatem ipsius*, aucune copie ne porte la leçon de l'autographe *quia decet,* Plus de cinquante manuscrits portent *quod adeat* bévue du premier copiste qui a grossoyé l'*exemplar* ; les autres manuscrits offrent des lectures différentes dues aux essais de correction qu'ils tentent. L'*exemplar* retrouvé porte bien en effet cette lecture fautive *quod adeat* mais la pièce qui porte ce texte est précisément une des pièces qui ont été refaites.

2. *Ad nonum dicendum quod similitudo non tenet : quia mereri non convenit nisi*

est du même auteur et qu'il n'y a pas là une interpolation ? Or, tout ce passage manque dans les manuscrits portant des indications de pièces. Un travail que je prépare, et qui sera basé sur la comparaison des manuscrits portant ces indications, établira, je pense, que le total des additions faites au texte primitivement mis dans le commerce, représente la valeur de cinq ou six pages grand in octavo. — A l'inverse, les manuscrits portant ces indications de pièces peuvent offrir un texte plus long ou même différent du texte présenté par des manuscrits ne portant pas ces indications. Certains manuscrits du *Contra Gentiles* de saint Thomas portent des mots et quelquefois des passages entiers qui ne sont pas dans les manuscrits offrant des indications de pièces et que l'autographe avait annulés ; de plus, ils omettent des additions marginales qui se trouvent sur l'autographe. Faut-il parler d'une première publication de l'autographe comme l'ont fait les éditeurs du *Contra Gentiles* ?[1] Mgr Pelzer a émis cette hypothèse[2], qui ne paraît pas douteuse au P. Mandonnet que saint Thomas « avait laissé prendre copie pour l'usage personnel de quelque ami ou de quelque étudiant de plusieurs de ses grands écrits au cours de leur composition, c'est-à-dire avant leur achèvement et même avant qu'il ait mis la dernière main à la rédaction de la partie transcrite[3] ». Puisque le texte de l'*exemplar* représente le texte tel que l'auteur l'a mis en circulation, il faut le distinguer soigneusement de ces premiers essais ; les manuscrits portant des indications de pièces nous guideront dans ce travail et nous éviteront de mélanger ces premiers jets au texte définitif, comme on l'a fait dans les meilleures éditions, encore que ces premiers essais soient des plus intéressants et qu'on doive les éditer en note.

L'étude des manuscrits contenant des indications de pièces sera enfin du plus grand secours pour étudier toute

---

viatoribus; Christus autem ante passionem erat viator et comprehensor, nunc autem est tantum comprehensor ideo tunc poterat mereri licet nunc mereri non possit. DEFICIT ETIAM ILLA RATIO *quia nunc beatis qui sunt membra Christi mystica nihil deest ad gloriam qui delectantur non solum de visa divina essencia, sed eciam de Chritis humanitate glorificata. De Veritate* qu. 29 a. 7 ad. 9, édition Vivès t. 15, p. 352.

1. S. THOMAE AQUINATIS *Opera Omnia*, t. XIII Romae, 1918, p. XVII.

2. PELZER (A), *L'édition léonine de la Somme contre les gentils* dans *Revue néoscolastique*, Louvain 1920 p. 220.

3. MANDONNET (P) O. P. et DESTREZ (J) O. P., *Bibliographie thomiste*. Le Saulchoir, 1921, p. XIX.

une série d'ouvrages à composition successive qui nous
sont arrivés dans un état de bouleversement extraordi-
naire : sermonnaires, questions disputées et questions
quodlibétiques. Grâce à eux, nous saurons quels étaient
dans chacune de ces collections le nombre des questions
et l'ordre dans lequel elles se trouvaient. Une discussion
est actuellement engagée entre les critiques au sujet de
l'ordre des questions disputées de saint Thomas [1] ; je
pense que la discussion est mal engagée : l'ordre des questions disputées est en effet en dépendance de leur nombre, et, d'après les manuscrits, il faut admettre que le
nombre de ces questions n'est pas celui que l'on a accepté
jusqu'ici sur la foi des éditions, comme je me propose de
le montrer dans un prochain travail.

Voilà quels sont les premiers résultats de l'étude que je
poursuis sur la *pecia*. Je pense avoir montré qu'une étude
d'ensemble sur la *pecia* serait non seulement intéressante,
mais encore indispensable à cause de ses conséquences
pratiques pour l'étude des textes de l'époque médiévale.
J'ajoute que les manuscrits portant ces précieuses indications de pièces sont très dispersés. A Paris 10 % seulement des 400 manuscrits contenant des œuvres de saint
Thomas portent ces indications de pièces ; dans les bibliothèques de province ce pourcentage monte à 40 %. C'est
un fait qui s'explique très simplement. A Paris, les maîtres
et les étudiants pouvaient copier eux-mêmes et ils avaient
autour d'eux assez de manuscrits pour n'avoir pas besoin
d'aller louer les pièces de l'*exemplar*, ce qui eut été pour
eux une dépense supplémentaire ; auraient-ils loué les
pièces, ils n'avaient aucun intérêt à les indiquer sur leur
copie, puisqu'ils copiaient pour eux. Dans les grandes
abbayes parisiennes, telles que l'abbaye de Saint-Victor
la question se posait de la même façon ; pourquoi le
chanoine chargé de la copie aurait-il marqué les pièces,
puisque son travail n'entraînait aucun salaire ? Il en allait

---

1. MANDONNET (P.) O. P., *Chronologie des questions disputées de saint Thomas
d'Aquin*, dans *Revue thomiste* n. s. I, 1918, p. 266-87, 340-71. — BIRKENMAJER (A),
*Ueber die Reihenfolge und die Entstehungszeit der Quaestiones disputatae des hl.
Thomas von Aquin*, dans *Philosophisches Jahrbuch*, XXXIV, 1921, p. 31-49. —
GRABMANN (M), *Indagini e scoperte intorno alla cronologia delle quaestiones disputatae e quodlibeta di san Tommaso d'Aquino*, dans *S. Tommaso d'Aquino*, publica-
zione commemorativa del sesto centenario della canonizzazione. Milano, 1923,
p. 100-121.

tout autrement pour les copies faites pour les abbayes,les couvents et les chapitres du reste de la chrétienté ; le travail était alors confié à un copiste de profession, et celui-ci avait intérêt à noter les indications que nous recherchons : il était payé aux pièces. C'est donc dans les bibliothèques des départements et, si je le puis, un jour ou l'autre, dans les bibliothèques de l'étranger que je me propose de poursuivre ces recherches que j'ai fait porter principalement jusqu'ici sur les manuscrits parisiens.

J.-A. Destrez, O. P.